四年ザシキワラシ組

こうだゆうこ 作　田中六大 絵

Gakken

四年ザシキワラシ組

❶ たまたま、が三つ重《かさ》なって

平和《へいわ》が一番《いちばん》

三年《ねん》二組《くみ》　小松《こまつ》　風太《ふうた》

世界中《せかいじゅう》が平和《へいわ》になればいいと思《おも》う。平和《へいわ》が一番《いちばん》。ぼくは、いつもそう思《おも》っている。

けんかはきらいだ。いいあいもしたくない。

教室《きょうしつ》の前《まえ》に出《で》て、なにかを発言《はつげん》するのも、にがてだ。算数《さんすう》のじゅぎょう中《ちゅう》に、あてられたくない。わからないのに、むりに答《こた》えなくてはいけないからだ。

「もっと手《て》をあげなさい。勉強《べんきょう》しなさい。」

と母《かあ》ちゃんは、いつもうるさい。

　ぼくのゆめは、いつか、母《かあ》ちゃんとまったく正反対《せいはんたい》の、おとなしくてやさしい女《おんな》の子《こ》とけっこんして、楽《たの》しく平和《へいわ》にくらすことだ。

作文《さくぶん》の時間《じかん》に「平和《へいわ》」について書《か》くようにいわれ、ぼくは苦《くる》しまぎれに「平和《へいわ》が一番《いちばん》」という題《だい》をつけた。

たんにんのノッポ先生《せんせい》が後《うし》ろから作文《さくぶん》をのぞきこみ、「おもしろいですねえ」と、ひとりごとのようにつぶやいた。

ノッポ先生《せんせい》は男《おとこ》の先生《せんせい》だけど、まったくどならない。ていねいなことばづかいをする。えこひいきもしない。ぼくはひそかに、そんけいしていた。

ぼくの作文《さくぶん》は、ほかのいくつかの作文《さくぶん》といっしょに、後《うし》ろのけいじ板《ばん》にはられた。

なん日《にち》かたって、じゅぎょう参観日《さんかんび》になった。

いっぱい来《き》たお母《かあ》さんたちが、後《うし》ろのけいじ板《ばん》の作文《さくぶん》を、順番《じゅんばん》に読《よ》んでいくと、ぼくの作文《さくぶん》の前《まえ》で立《た》ちどまり、かたをふるわせて笑《わら》っていた。

めったに、じゅぎょう参観《さんかん》には来《こ》ない、ぼくの母《かあ》ちゃんがやってきた。

母《かあ》ちゃんも、ぼくの作文《さくぶん》の前《まえ》で立《た》ちどまり、かたをふるわせている。

でも、ぜったい笑《わら》っているのではない。
ぼくは「こまったなあ」と、つぶやいた。
家《いえ》に帰《かえ》ると、やっぱり母《かあ》ちゃんは、おこっていた。
「わたしのことを、作文《さくぶん》に書《か》いたらあかん！」
その夜《よる》、ふとんの中《なか》で考《かんが》えた。
たまたま、「平和《へいわ》が一番《いちばん》」という作文《さくぶん》を思《おも》いついた。
たまたま、ノッポ先生《せんせい》が作文《さくぶん》を気《き》に入《い》った。
たまたま、母《かあ》ちゃんがその作文《さくぶん》を読《よ》んだ。
たまたまが三つも重《かさ》なり、おこられるという結果《けっか》になった。
ふ――っ。
もうぜったい、作文《さくぶん》にほんとうの気持《きも》ちは書《か》かない。
それから一か月《げつ》して、春休《はるやす》みになった。

❷ 学級《がっきゅう》文庫《ぶんこ》にぴったりの本《ほん》だな

父《とう》ちゃんの育《そだ》ったところは、大阪《おおさか》の南《みなみ》のほうの、山《やま》にかこまれたいなかの村《むら》だ。そこに古《ふる》い家《いえ》があり、ばあちゃんが一人《ひとり》で住《す》んでいた。夏休《なつやす》みに、ばあちゃんの家《いえ》へとまりに行《い》くと、カブトムシやクワガタが、いっぱいとれた。

村《むら》には、コンビニが一けんもなかった。家《いえ》のうらの道《みち》を上《あ》がっていくと、「なんでもあります」と書《か》かれた紙《かみ》をぶらさげている店《みせ》があり、トイレットペーパーなんかといっしょに、おかしやアイスクリームもおいてあった。

ばあちゃんは、いつも百円《えん》をくれた。ぼくは田《た》んぼの間《あいだ》の細《ほそ》い道《みち》を歩《ある》いていって、アイスクリームを買《か》った。

えんがわの横《よこ》のざしきで昼《ひる》ねをしていると、ばあちゃんがタオルケットをかけてくれた。

ばあちゃんは、「**ほっ　ほっ　ほっ**」と、いつも笑《わら》っていた。

けれども一年前《ねんまえ》に、ぽっくり死《し》んでしまった。

「春休《はるやす》み中《ちゅう》に、いなかの家《いえ》をかたづけに帰《かえ》ろうか」と、父《とう》ちゃんがいった。

「なんで、かたづけるの。」

「古《ふる》い家《いえ》やから、だれも住《す》んでないままにしてると、あぶないやろ。近《ちか》いうちに、こわすんよ。」

母《かあ》ちゃんが教《おし》えてくれた。

父《とう》ちゃんは、ずっと遠《とお》くを見《み》るような目《め》をした。

「それも、しかたないなあ。」

父《とう》ちゃんのオンボロ車《ぐるま》で、いなかへ帰《かえ》った。山《やま》も村《むら》もばあちゃんの家《いえ》も、ちっとも変《か》わってなかった。

家《いえ》の中《なか》から、ばあちゃんが「**ほっ　ほっ　ほっ**」と笑《わら》いながら、出《で》てきそうな気《き》がした。

「この村《むら》は、時間《じかん》が止《と》まっているみたい」と、ぼくはつぶやいた。

父《とう》ちゃんが、「風太《ふうた》は、ロマンチストやなあ」と、笑《わら》った。

「さあ、いそがしくなるよ」と、母《かあ》ちゃんがうでまくりした。

おしいれや物置《ものおき》から、いろんなものを引《ひ》っぱりだし、すてるものと、すてないものに分《わ》けていく。

母《かあ》ちゃんがあちこちを、ていねいに調《しら》べていた。

「おばあちゃんが、百万円《まんえん》の札《さつ》たばを、どこかにかくしているかもね。」

たまった新聞紙《しんぶんし》を整理《せいり》していたとき、母《かあ》ちゃんが「ギャッ！」と声《こえ》をあげた。

百万円《まんえん》が見《み》つかったのかと走《はし》っていったら、でっかいムカデだった。

父《とう》ちゃんがビニールがさの先《さき》っぽで、まっぷたつにした。二つになっても、黒《くろ》く光《ひか》ったどうたいと、いっぱいの足《あし》が、くにくに動《うご》いている。

ぼくはすわりこんで、じっと見《み》ていた。

「こんな生《い》き物《もの》は、ぼくの住《す》んでいる町《まち》にはいないなあ。」

母《かあ》ちゃんは「気分《きぶん》が悪《わる》くなった」といって、ざしきでねころんでしまった。

ぼくは母《かあ》ちゃんにたのんだ。

「チョコバーを買《か》いたいから、百円《えん》ちょうだい。」

「一回《かい》だけよ。」

もらった百円玉《えんだま》を手《て》のひらにのせた。なんだか変《へん》な気持《きも》ち。

(ばあちゃんは、もう二度《にど》と、ぼくに百円《えん》をくれないんだなあ。)

ばあちゃんを思《おも》い出《だ》して、むねのおくが、きゅんとした。

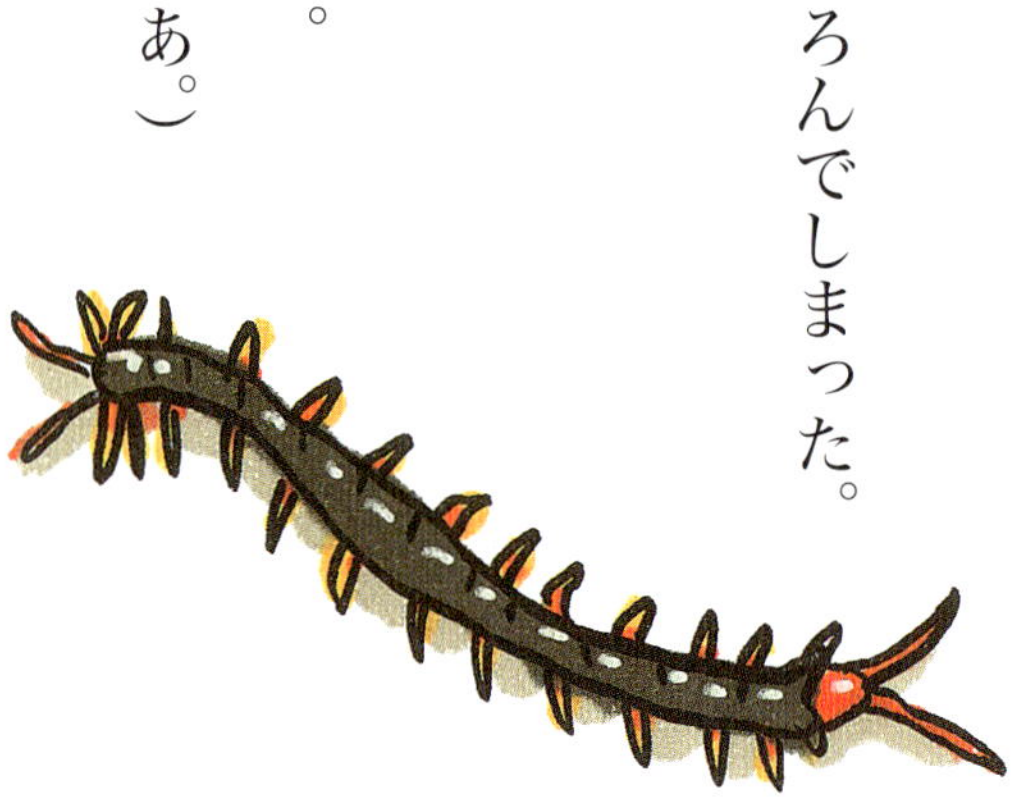

四日目《かめ》の朝《あさ》、もうこれで町《まち》に帰《かえ》る、というとき、ぐるんと家《いえ》の中《なか》を見回《みまわ》した母《かあ》ちゃんが、「あらっ」と声《こえ》をあげた。

「この本《ほん》だな、家《いえ》といっしょにこわすのは、もったいないわよ。」

ぼくの身長《しんちょう》ぐらいの大《おお》きさの、三だんの本《ほん》だながあった。黒《くろ》く光《ひか》ったぶあつい板《いた》で作《つく》ってある。角《かど》がこすれて、だんご虫《むし》のせなかのように丸《まる》かった。

父《とう》ちゃんがうれしそうに説明《せつめい》した。

「これは、子《こ》どものころに使《つか》ってたんや。きれいな石《いし》や、ミニカーや、いろんなものを、ならべてなあ……。」

「へえ、そんなに古《ふる》いんや。でも、しっかりしてるよね。風太《ふうた》、学級文庫《がっきゅうぶんこ》にぴったりよ。今《いま》までだんボール箱《ばこ》やったでしょう。クラスで使《つか》ってもらおう。」

母《かあ》ちゃんは、いいだしたらきかない。

そして帰《かえ》りの車《くるま》の中《なか》、ぼくは本《ほん》だなといっしょに、後《うし》ろのざせきにすわった。

ぎゅうぎゅうだった。

父《とう》ちゃんが山道《やまみち》を運転《うんてん》しながら、母《かあ》ちゃんにたずねた。

「百万円《まんえん》の札《さつ》たばは、出《で》てきたのか。」

「へっへえ」と笑《わら》って、母《かあ》ちゃんはかばんの中《なか》から小《ちい》さなカンを出《だ》し、ガシャガシャとふった。

「ほらっ」と後《うし》ろを向《む》いて、ぼくにわたした。

ふたを開《あ》けると、中《なか》は百円玉《えんだま》がいっぱいだった。

「おばあちゃんが風太《ふうた》にあげようと、ためていたんやと思《おも》うよ。むだづかいしたら、あかんで。」

「うん」と、ぼくはカンをにぎりしめた。

車《くるま》がゆっくり走《はし》っていく。

ぼくは本《ほん》だなにもたれかかった。

きつくてかなわん。

どこからか、声《こえ》がした。きょろきょろしたが、父《とう》ちゃんは運転《うんてん》しているし、母《かあ》ちゃんは、ねむっていた。本《ほん》だなが、もんくをいうはずない。気《き》のせいか。ぼくも、すぐにねむってしまった。

ゆめの中《なか》で、かっぽうぎを着《き》たばあちゃんが、にこにこ笑《わら》いながら手《て》をふっていた。

「さようなら、風太《ふうた》。この子《こ》を、たのむね。」

ばあちゃんの後《うし》ろから、だれかが顔《かお》を出《だ》していた。

今《いま》まで見《み》たことのない顔《かお》、大《おお》きな口《くち》を開《あ》けて、**ふぇっ　ふぇっ　ふぇっ**と、笑《わら》っていた。

❸ 風《ふう》太《た》の左手《ひだりて》、かってにあがる！

春休《はるやす》みが終《お》わり、ぼくは四年生《ねんせい》になった。

同《おな》じクラスで上《うえ》にあがるので、たんにんは同《おな》じノッポ先生《せんせい》で、クラスメイトも、そのままだった。変《か》わったのは、教室《きょうしつ》が一階《かい》から二階《かい》になったことぐらいだ。

「行《い》ってきます。」

ぼくは団地《だんち》の階《かい》だんを下《お》りていった。

「ちょっと待《ま》って」と、母《かあ》ちゃんが追《お》いかけてくる。

自転車《じてんしゃ》をおしながら、ついてきた。後《うし》ろの荷台《にだい》には、いなかから持《も》ってかえってきた本《ほん》だなが、くくりつけられていた。

みんなが、じろじろ本《ほん》だなを見《み》ているが、母《かあ》ちゃんはへっちゃらだ。

学校《がっこう》に着《つ》くと、母《かあ》ちゃんは、ぼくにも手伝《てつだ》わせて、本《ほん》だなをかかえ、教室《きょうしつ》まで持《も》ってあがった。後《うし》ろのけいじ板《ばん》のところに、どしんとおく。

「ああ、重《おも》かった。ノッポ先生《せんせい》にはちゃんといってあるから。じゃあね。」

ぼくのかたを、ぱしんとたたくと、教室《きょうしつ》から出《で》ていった。はずかしい。

すぐにはじまりのチャイムが鳴《な》り、ノッポ先生《せんせい》が入《はい》ってきた。

「小松風太《こまつふうた》くんのお母《かあ》さんが、後《うし》ろにある本《ほん》だなを持《も》ってきてくれました。学級《がっきゅう》文庫用《ぶんこよう》の本《ほん》だなとして、大切《たいせつ》に使《つか》いましょう。」

名前《なまえ》をよばれて、ぼくは小《ちい》さくなった。

ノッポ先生《せんせい》が、ホームルームをはじめた。

「これから、一学期《がっき》のクラス委員長《いいんちょう》を決《き》めます。まず、りっこうほする人《ひと》。」

両手《りょうて》がひざの上《うえ》にあることを、ぼくはたしかめた。こういうときに動《うご》いてはい

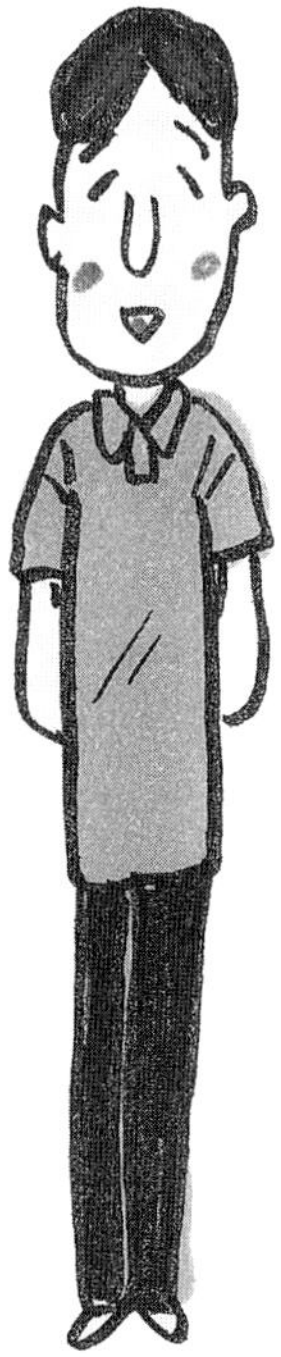

けない。手《て》をあげるのかと、思《おも》われてしまう。
「りっこうほする人《ひと》は、いませんか」と、先生《せんせい》が教室《きょうしつ》を見回《みまわ》す。
ぼくは頭《あたま》の中《なか》で、勉強《べんきょう》のできる青山《あおやま》と川上《かわかみ》がやればいいんだと、思《おも》っていた。
そのとき、先生《せんせい》と、ばっちり目《め》が合《あ》った。先生《せんせい》が、おどろいた顔《かお》をしている。
次《つぎ》に、うれしそうな顔《かお》に変《か》わった。
（なんで、ぼくを見《み》てるんや。）
気《き》がついた。
ぼくの左手《ひだりて》が、かってに高《たか》くあがっているのだ。まっすぐ上《うえ》にのびている。
びっくりして下《お》ろそうとしたが、まるで手首《てくび》がとうめい人間《にんげん》につかまれている
ように、いうことをきかない。
（おっ、えっ、ぼくの左手《ひだりて》、どうなってるねん。）
体《からだ》をくねくねしながら、右手《みぎて》で左手《ひだりて》を下《お》ろそうとがんばっていると、ノッポ先《せん》

生《せい》が大《おお》きな声《こえ》をあげた。

「小松《こまつ》くん！　えらいっ！　その積極的《せっきょくてき》なところが、今《いま》までのあなたに、足《た》りなかったところです。みなさん、クラス委員長《いいんちょう》は小松《こまつ》くんでいいですか。」

「先生《せんせい》……、ちがう」と、ぼくはいいわけをしたが、教室《きょうしつ》の中《なか》は、むせきにんな、はくしゅのあらしになり、声《こえ》はかき消《け》された。

「男子《だんし》のクラス委員長《いいんちょう》は小松《こまつ》くんに決《き》まりました。女子《じょし》は、りっこうほする人《ひと》がなければ……、すいせんにしましょうか。小松《こまつ》くん、手《て》を下《お》ろしていいですよ。」

ノッポ先生《せんせい》にいわれ、はっとわれに返《かえ》ると、左手《ひだりて》はすっと下《さ》がった。

(なんで、こんなことになるんや。)

わけのわからないうちに、ぼくはクラス委員長《いいんちょう》に決《き》まってしまった。

女子《じょし》のクラス委員長《いいんちょう》は、川上《かわかみ》になり、先生《せんせい》が二人《ふたり》の名前《なまえ》をよんだ。

「小松《こまつ》くん、川上《かわかみ》さん、あいさつしてください。」

川上《かわかみ》は立《た》ち上《あ》がると、よくとおる声《こえ》で、はきはきといった。

「一生《いっしょう》けんめいがんばります。みなさんご協力《きょうりょく》よろしくお願《ねが》いします。」

ぼくも立《た》ち上《あ》がり、「お願《ねが》いします」と、力《ちから》なく頭《あたま》を下《さ》げた。

休《やす》み時間《じかん》になると、青山《あおやま》がやってきた。ぼくが手《て》をあげていなければ、クラス委員長《いいんちょう》になるはずだったやつだ。

「へえー、小松《こまつ》が、りっこうほするなんてね。そんなにクラス委員長《いいんちょう》に、なりたかったのかよ。」

東京《とうきょう》からの転校生《てんこうせい》なので、ひょうじゅん語《ご》という、ちがう調子《ちょうし》のことばを使《つか》う。

ぼくは、いいわけした。

「手《て》がかってにあがったんや。クラス委員長《いいんちょう》なんて、したくないよ。」

「あんなにはっきり手《て》をあげておいて、今《いま》さらなにを、いってるんだよ。しっかりやれよな。」

青山《あおやま》が、いじわるそうな顔《かお》で、にっと笑《わら》った。

「かんべんしてくれよ」と、ぼくはつぶやいた。

ふぇっ　ふぇっ　ふぇっ。

天井《てんじょう》のほうから、だれかの笑《わら》い声《ごえ》が聞《き》こえた。


クラス委員長《いいんちょう》のはじめての仕事《しごと》は、学級文庫《がっきゅうぶんこ》を整理《せいり》することだった。

みんなが帰《かえ》ったあと、川上《かわかみ》と二人《ふたり》で、まんがや童話《どうわ》やずかんを、だんボール箱《ばこ》から本《ほん》だなへうつしていく。

「だいたい、ぼくは、クラス委員長《いいんちょう》なんかに、なるはずやなかったんや。まちがいなんや。なんであんなところで、手《て》が……。」

ぶつぶついいながら、川上《かわかみ》に本《ほん》をわたした。

川上《かわかみ》が、本《ほん》をていねいにならべていく。

「小松《こまつ》くん、もう決《き》まってしまったんやから、ぐずぐずいわないの。」

まるで母《かあ》ちゃんみたいなことをいう。

本《ほん》だなの下《した》のだんが、いっぱいになり、二だんめの半分《はんぶん》ぐらいで、おしまいになった。

川上《かわかみ》が、一さつの本《ほん》を手《て》に取《と》った。『星《ほし》の王子《おうじ》さま』という題名《だいめい》だった。

「わたし、この本《ほん》がとても好《す》きなの。お話《はなし》の中《なか》に、キラキラ光《ひか》るビーズみたいに、すてきなことばが、いっぱい出《で》てくるから。」

「ふーん」と、ぼくは気《き》のない返事《へんじ》をした。

川上《かわかみ》が、ぱっちりした目《め》で、ぼくを見《み》ていた。

「前《まえ》に、小松《こまつ》くんが書《か》いた作文《さくぶん》、おもしろかったよ。はりだされていた中《なか》で、一《いち》番《ばん》好《す》きやった。」

そのしゅんかん、ぼくのむねが、どきどきっと、かってに鳴《な》った。

（あかん。ぼくのおよめさんは、ふつうの人《ひと》や。川上《かわかみ》みたいに、かしこくて、元《げん》気《き》なタイプはあかん。平和《へいわ》にくらされへん。）

「あの作文《さくぶん》は、やけっぱちで書《か》いただけや」と、ぼくは答《こた》えた。

からっぽになっただんボール箱《ばこ》を、ゴミすて場《ば》まで持《も》っていったあと、川上《かわかみ》とは、別々《べつべつ》に家《いえ》に帰《かえ》った。

❹ ザシキワラシは、よい神《かみ》さま？

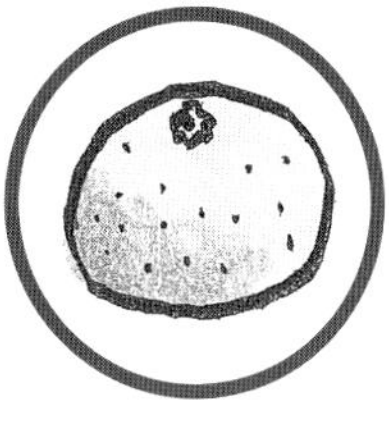

そいつは給食《きゅうしょく》の時間《じかん》に、とつぜんあらわれた。

給食係《きゅうしょくがかり》のぼくは、れいとうみかんをトングではさんで、ならんでいる人《ひと》のトレイにのせていく。

わしにもくれよと、がらがら声《ごえ》が聞《き》こえて、トングのみかんが、ふっと消《き》えた。

「あれっ？」

きゅうに、れいとうみかんは一つ足《た》りなくなった。

ノッポ先生《せんせい》にいわれて、給食室《きゅうしょくしつ》へみかんをもらいに行《い》った。

教室《きょうしつ》にもどって、自分《じぶん》の席《せき》にすわろうとしたとき、そいつが見《み》えた。

後《うし》ろにある本《ほん》だなの上《うえ》に、子《こ》どもみたいに小《ちい》さいじいちゃんがすわって、れいとうみかんをむしゃむしゃ食《た》べていた。しわしわの顔《かお》、ちょっとつり目《め》で、ぼさぼさのかみの毛《け》を一つにしばっている。

（この前《まえ》のゆめで、ばあちゃんの後《うし》ろにいたやつかも。）

食《た》べおわった皮《かわ》をぽいとすてたあと、ぼくと目《め》が合《あ》った。

ふぇっ　ふぇっ　ふぇっ。

小《ちい》さいじいちゃんは大《おお》きな口《くち》を開《あ》けて、笑《わら》いながら消《き》えていった。黄色《きいろ》いみかんの皮《かわ》だけが残《のこ》った。

ノッポ先生《せんせい》が皮《かわ》を見《み》つけて、拾《ひろ》いあげた。

「いただきますの前《まえ》に食《た》べちゃったのは、だれですか。おぎょうぎ悪《わる》いですよ。」

教室《きょうしつ》がしんとして、先生《せんせい》の問《と》いかける声《こえ》はつづいた。でも、ぼくの頭《あたま》の中《なか》は、さっき見《み》た小《ちい》さいじいちゃんのことでいっぱいだった。

（見《み》まちがいや、たぶん……、でも。）


家《いえ》に帰《かえ》って、ばんごはんのあと、母《かあ》ちゃんは近所《きんじょ》の友《とも》だちとカラオケに行《い》った。

ぼくと父《とう》ちゃんは、テレビのお笑《わら》い番組《ばんぐみ》を見《み》ていた。父《とう》ちゃんのバカ笑《わら》いを聞《き》いているうちに、昼間《ひるま》に教室《きょうしつ》で見《み》た、「小《ちい》さいじいちゃん」のことを思《おも》い出《だ》した。

あの本《ほん》だなは、いなかで父《とう》ちゃんが使《つか》っていたものだから、知《し》っているかも。

「父《とう》ちゃん、いなかの家《いえ》で、小《ちい》さいじいちゃんを見《み》たことある？」

「なんや、その、小《ちい》さいじいちゃんって。」

ぼくは思《おも》い出《だ》しながら、ゆっくり説明《せつめい》した。

「ぼくより小《ちい》さくて、ぼさぼさのかみの毛《け》を一つにしばって、しわしわの顔《かお》に、ちょっとつり目《め》。青色《あおいろ》の着物《きもの》を着《き》てる。」

父《とう》ちゃんはしばらく考《かんが》えていたが、あっという顔《かお》になった。

「大《おお》きな口《くち》を開《あ》けて、ふぇっ　ふぇっ　ふぇって、笑《わら》うやろ。」

「そうそう！」

父《とう》ちゃんが、話《はな》しはじめた。

「風太《ふうた》ぐらいの年《とし》のときやった、会《あ》ったことがある。夏休《なつやす》みに、えんがわでスイカを食《た》べていたら、となりに、見《み》たことのない子《こ》どもみたいに小《ちい》さいじいちゃんがすわっていてな。いっしょにスイカを食《た》べた。ぜんぶ食《た》べてしまったあとで、ふぇっ　ふぇっ　ふぇっと、笑《わら》いながら消《き》えたんや。びっくりしたから、よくおぼえてる。」

「へえ。」

「あとでそのことを、ばあちゃんに話《はな》したら、ザシキワラシやなあといわれた。」

ぼくは首《くび》をかしげた。

父《とう》ちゃんが、「ザ・シ・キ・ワ・ラ・シ」と、くりかえした。

「なに、それ？」

「古《ふる》い家《いえ》のざしきに、どこからともなく出《で》てくる、子《こ》どもの神《かみ》さんや。父《とう》ちゃんが見《み》たのは、じいちゃんっぽい子《こ》どもやったけどな。家《いえ》の守《まも》り神《がみ》や。ザシキワラシが出《で》る家《いえ》には、いいことがあるらしい。風太《ふうた》も、いなかで見《み》たのか。」

ぼくは、首《くび》を横《よこ》にふった。

「いなかでは見《み》てないけど……。」

「けど？」

「いなかから持《も》ってきた本《ほん》だなに、くっついてたみたい。」

「母《かあ》ちゃんが、学校《がっこう》へ持《も》っていったやつか？」

「うん。給食《きゅうしょく》の時間《じかん》に、そのザシキワラシが、本《ほん》だなの上《うえ》でれいとうみかんを食《た》べてた。ふぇっ　ふぇっ　ふぇって。」

父《とう》ちゃんが、うれしそうな顔《かお》をした。

スーパーうちま
HAWAII

「そうか。いなかの家《いえ》から、引《ひ》っこしてきたんやな。」

ぼくは、口《くち》をとがらせた。

「こまるわ。ぼくのクラスにすみつくつもりちゃう？」

「まあ、ええやないか。いなかの家《いえ》はこわされて、ザシキワラシのすむところは、もうないんや。それが、母《かあ》ちゃんのおせっかいのおかげで、四年《ねん》二組《くみ》という新《あたら》しい家《いえ》ができたんやなあ。よかった、よかった。」

「よくないよ」と、ぼくはにらんだ。

「父《とう》ちゃん、どうにかしてよ。」

「そらあかん。大人《おとな》には見《み》えへんからな。それに、ザシキワラシはよい神《かみ》さんなんや。風太《ふうた》のクラスに、いいことを運《はこ》んでくるかもしれへんで。」

「てきとうなことを、いってる。」

ぼくは、ため息《いき》をついた。

5 おはぎを食《た》べたいんや

次《つぎ》の朝《あさ》、教室《きょうしつ》に入《はい》ると、まっさきに本《ほん》だなのところへ行《い》った。両手《りょうて》を組《く》んで、目《め》をつぶり、一生《いっしょう》けんめいにお願《ねが》いした。

「もう出《で》てきませんように。なむあみだぶつ、なむあみだぶつ、アーメン。」

ぶじに、すぎていった――午前中《ごぜんちゅう》は。

午後《ごご》のホームルームの時間《じかん》。クラス委員長《いいんちょう》は前《まえ》に出《で》て、司会《しかい》と書記《しょき》をしなくてはいけない。ぼくは書記《しょき》になって、黒板《こくばん》に、これから決《き》めることを書《か》いていた。

チョークは、やたら書《か》きにくい。

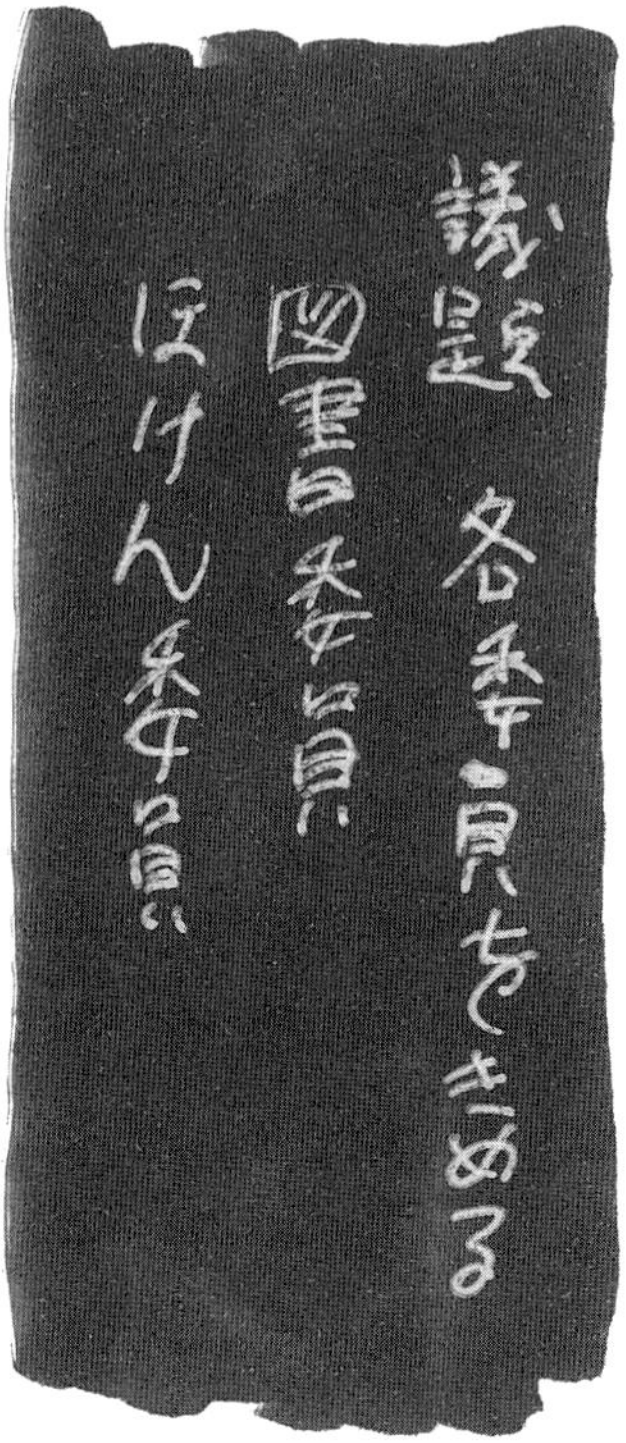

そこまで書《か》いたら、青山《あおやま》が手《て》をあげた。

「字《じ》がきたなくて、読《よ》めませーん。」

ノッポ先生《せんせい》が、黒板《こくばん》の字《じ》をながめたあと、川上《かわかみ》とぼくにいった。

「司会《しかい》と書記《しょき》を、かわりましょうか。」

青山《あおやま》の、よけいなひとことのせいで、苦手《にがて》な司会《しかい》をすることになってしまった。

川上《かわかみ》が黒板消《こくばんけ》しで、ぼくの字《じ》をぜんぶ消《け》した。そのあと、先生《せんせい》みたいになれた感《かん》じで、チョークで書《か》いていく。

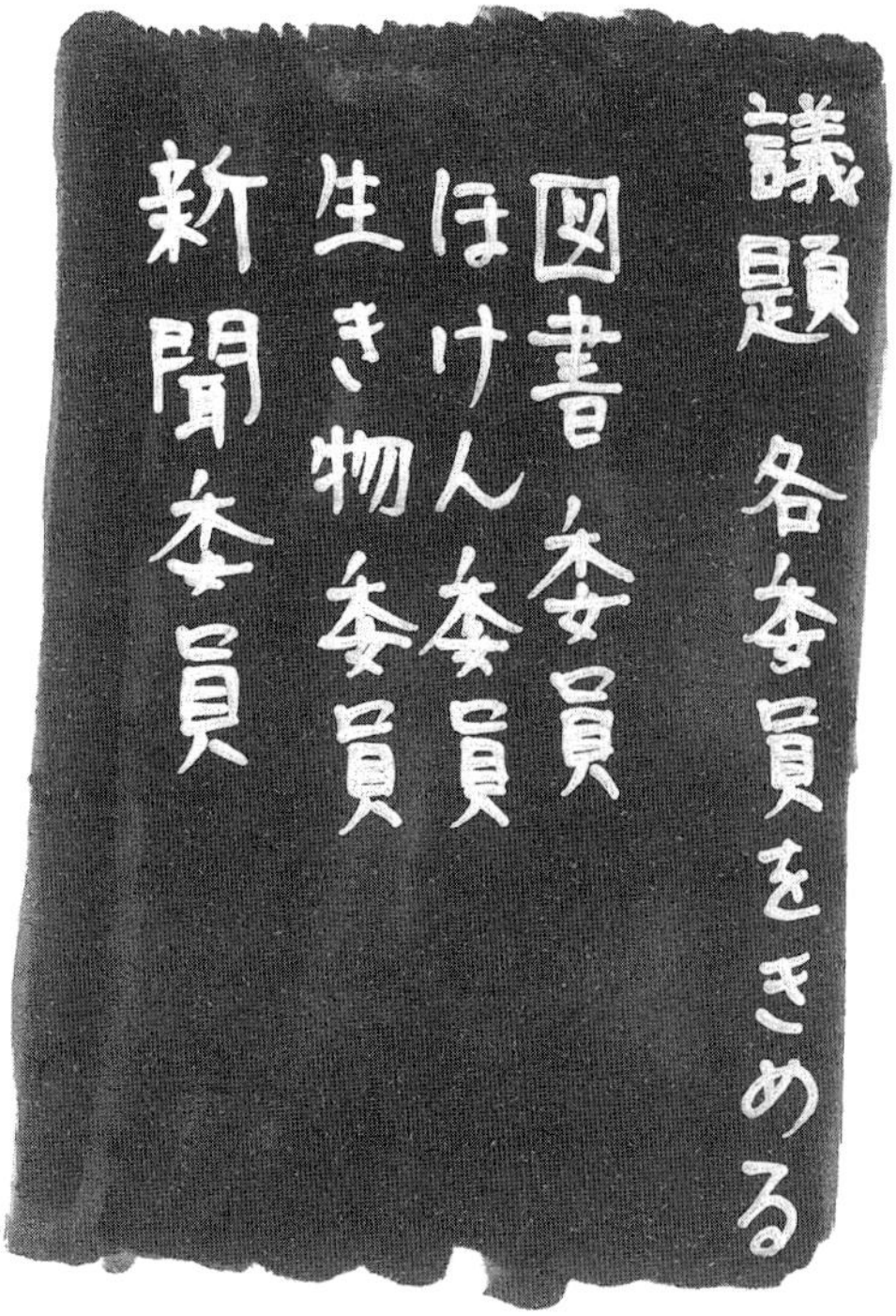

「委員《いいん》を決《き》めます。なりたい人《ひと》はいませんか」と、ぼくはいった。

だれも返事《へんじ》をしない。

「そしたら、すいせんで、だれかいませんか。」

やっぱり返事《へんじ》がない。

（りっこうほも、すいせんもいなかったら、どうしたらいいんや。）

時間《じかん》がどんどんたっていく。

川上《かわかみ》がチョークを持《も》ったまま近《ちか》づいてきて、小《ちい》さな声《こえ》でいった。

「はしの席《せき》の人《ひと》から順番《じゅんばん》に、だれをすいせんしたいか、いってもらうのよ。」

「わかったよ。」

窓《まど》ぎわの、いちばん前《まえ》の席《せき》の山田《やまだ》にきいてみる。

「図書委員《としょいいん》に、だれか、すいせんしてください。」

「青山《あおやま》くんがいいと思《おも》います。」

すると、青山《あおやま》がすっと立《た》ち上《あ》がった。

「新聞委員《しんぶんいいん》を希望《きぼう》します。」

ぼくは口《くち》の中《なか》で、ぶつぶつ、もんくをいった。

（そんならさっさと、りっこうほしろよ。めんどくさいなあ。）

めんどくさいぞ、青山《あおやま》と、教室《きょうしつ》の上《うえ》のほうから、がらがら声《ごえ》がひびいた。

青山《あおやま》がぼくをにらむ。

（今《いま》のは、ぼくじゃないよお。）

知《し》らん顔《かお》して、会議《かいぎ》の進行《しんこう》をつづけた。

ぜんぶの委員《いいん》がようやく決《き》まったとき、終《お》わりのチャイムが鳴《な》りはじめた。

青山《あおやま》が、大《おお》きくのびをした。

「あーあ、一時間《じかん》ぜんぶかかっちゃったよ。もっとしっかりやれよ、小松《こまつ》。」

ぼくは、なさけなかった。

小松風太《こまつふうた》**は、がんばっとる**と、また大《おお》きながらがら声《ごえ》がした。

ノッポ先生《せんせい》がぼくに近《ちか》づいてきて、かたに手《て》をおいた。

「そのとおりです。小松《こまつ》くんはがんばっています。はじめてで、なれていないだけです。みんなで助《たす》けあっていきましょう。」

校門《こうもん》を出《で》たあとで、体《たい》そう服《ふく》をわすれたのに気《き》がつき、取《と》りにもどった。

教室《きょうしつ》には、もうだれもいなかった。

ぶらさがっている体《たい》そう服《ふく》ぶくろを取《と》り、顔《かお》を上《あ》げた。すると、後《うし》ろの本《ほん》だなに、あの小《ち》さいじいちゃんが、すわっていた。

風太《ふうた》、しっかりしろや。

ホームルームのときに聞《き》こえた、がらがら声《ごえ》だった。

「おまえ、ザシキワラシか。」

まあ、そんなもんや。

「ぼくの手《て》を持《も》ちあげて、むりやりクラス委員長《いいんちょう》にさせたのは、おまえやな。」

ザシキワラシが、本《ほん》だなからぴょんとおり、はだしでぺたぺた近《ちか》づいてきた。

そうや。わしのおかげで、おもろいことがはじまりそうやろ。

「もうぼくに、かまわんといて。」

ザシキワラシが、口《くち》をとがらせた。

風太《ふうた》がわしを、ここへ連《つ》れてきたんやないか。

「ぼくじゃないよ、母《かあ》ちゃんや。」

いっしょに本《ほん》だなを運《はこ》んだやろ。わしは、ここが気《き》に入《い》った。昼《ひる》はにぎやかで、夜《よる》は静《しず》かで。ニワトリの声《こえ》も聞《き》こえてくる。まんがも、おもしろい。

「いつまで、いるの。」

本《ほん》だなが、あるかぎりやな。

「えっ！　ぼく、そんなに長《なが》い間《あいだ》、めんどうみられへんで。」

なにをいうてる。わしが、風太《ふうた》のめんどうをみたる。それとなあ。

ザシキワラシが、にっと笑《わら》った。

おはぎが食《た》べたいんや。こんど、持《も》ってきてえな。

いいたいことだけいうと、ぽわんと消《き》えてしまった。

ぼくは一人《ひとり》で教室《きょうしつ》を出《で》た。

おはぎやでと後《うし》ろから、がらがら声《ごえ》が聞《き》こえてきた。

「こまったことに、なったなあ。」


それからは、ザシキワラシはたいくつになると、じゅぎょう中《ちゅう》でも、ぼくに話《はな》しかけてくるようになった。

算数《さんすう》のテスト中《ちゅう》、ぼくは一生《いっしょう》けんめい計算《けいさん》して、答《こた》えをぜんぶうめた。

へんやでと、がらがら声《ごえ》がいう。

「なにが?」と、小《ちい》さな声《こえ》で聞《き》く。

青山《あおやま》っていうやつと、ぜんぜん答《こた》えがちがう。

「それは、あいつがまちがってるんや。」

川上《かわかみ》っていう女《おんな》の子《こ》とも、答《こた》えがちがう。

「うるさいなあ！　もうほっといて。」

「小松《こまつ》くん、お静《しず》かに」と、ノッポ先生《せんせい》に注意《ちゅうい》された。

給食《きゅうしょく》の時間《じかん》には、れいとうみかんやヨーグルトや、あまいものが足《た》りなくなるようになった。ノッポ先生《せんせい》も、あんまりつづくので首《くび》をかしげている。

今日《きょう》もゼリーが足《た》りなくなり、ぼくは給《きゅう》食室《しょくしつ》のおばさんのところへ、ゼリーをもらいに行《い》った。

「四年《ねん》二組《くみ》です。ゼリーを一つください。」

「また四年《ねん》二組《くみ》？　あんたのクラスはみかんや、ゼリーや、よく足《た》りなくなるねえ。ザシキワラシでも、すんでいるんじゃない？」

ガハハハハハと、給食《きゅうしょく》のおばさんが笑《わら》った。

「当《あ》たりです」と、ぼくはまじめに答《こた》えた。


ときどき、**あーあ、おはぎが食《た》べたいなあ**と、ザシキワラシのさいそくする声《こえ》が聞《き》こえる。ぼくはとうとう、やくそくしてしまった。

「わかったよ。こんどの月曜日《げつようび》に持《も》ってくるから。」

日曜日《にちようび》に、母《かあ》ちゃんにたのみこんで、おはぎを作《つく》ってもらった。

「めんどくさいなあ」といいながらも、母《かあ》ちゃんは、いなかのばあちゃんから教《おそ》わったという、おはぎを作《つく》ってくれた。ぼくも手伝《てつだ》った。

ぽってりとしたおはぎが、いっぱいできて、父《とう》ちゃんがいちばん喜《よろこ》んでいた。

❻ できることと、できへんこと

月曜日《げつようび》、おはぎが二つ入《はい》ったべんとう箱《ばこ》を、ランドセルの中《なか》にかくして、学校《がっこう》へ行《い》った。

放課後《ほうかご》に、だれもいなくなった教室《きょうしつ》で、ザシキワラシをよぶ。

「やくそくした、おはぎや。」

ザシキワラシが、目《め》の前《まえ》にぽわんと出《で》てきた。にっと笑《わら》うと、おはぎを一つ持《も》ちあげ、大《おお》きな口《くち》にぱくっと入《い》れた。指《ゆび》についたあんこまで、ていねいになめる。

「父《とう》ちゃんと、同《おな》じことをするんやな。」

ふぇっ　ふぇっ　ふぇっ。

そのとき、ザシキワラシがふっと消《き》えた。

教室《きょうしつ》の入《い》り口《ぐち》のところで、「なにやってるの」と青山《あおやま》の声《こえ》がした。

(しまった。ドアを、しめとけばよかった。)

青山《あおやま》はぼくに近《ちか》よってきて、まわりをじろじろと見回《みまわ》した。

「いま、だれと話《はなし》をしていたんだよ。」

「ひとりごとや。」

べんとう箱《ばこ》の中《なか》をのぞきこんだ青山《あおやま》が「おはぎ?」と、ふしぎそうな顔《かお》をした。

「えーと、えーと、食《た》べるか。」

「うん、もらって帰《かえ》ろうかな」と、青山《あおやま》がおはぎに手《て》をのばしたとき、近《ちか》くのつくえが、がたんと大《おお》きな音《おと》を立《た》てた。

「うわっ」と声《こえ》をあげ、青山《あおやま》がしがみついてきた。

わしのおはぎやと、がらがら声《ごえ》がした。

空中《くうちゅう》にザシキワラシがあらわれ、うかんだまま二つ目《め》のおはぎを取《と》り、ぱくぱく食《た》べている。

「なに、これ？」と、青山《あおやま》がぼくのうでを強《つよ》くつかんだ。

「ザシキワラシや。いなかの古《ふる》い家《いえ》から本《ほん》だなといっしょに、ついてきたんや。」

「ザシキワラシ……、本《ほん》で読《よ》んだことがある。家《いえ》を守《まも》るよい神《かみ》さまだ。」

こんなときなのに、青山《あおやま》は、ちゃんとザシキワラシについて説明《せつめい》している。

「いなかの家《いえ》を、こわしてしまったから、帰《かえ》るところがなくなったんや。」

「ふーん。その家《いえ》は、こわれたのか。それって、よい神《かみ》さまとしての仕事《しごと》をしていないよね。」

青山《あおやま》のいっていることは、当《あ》たっているかも。

おはぎを食《た》べてしまったザシキワラシが、青山《あおやま》のほうをじろっと見《み》た。

だれにでも、できることと、できへんことがある。おまえにもある、わしにも

ある。おまえは、暗《くら》いところが、こわいやろ。あかりを消《け》したら、ねられへん。夜《よる》は一人《ひとり》で、トイレに行《い》かれへん。

「どうして知《し》っているんだ」と、青山《あおやま》がザシキワラシをにらんだ。

わしは神《かみ》さまやからな。じゃあな、風太《ふうた》。ふぇっ　ふぇっ　ふぇっ。

ザシキワラシが指《ゆび》をなめなめ、消《き》えてしまった。

「おーい、出《で》てこい。」

青山《あおやま》が、ザシキワラシが消《き》えたあたりを、両手《りょうて》でかきまわしている。

「帰《かえ》るで」と、ぼくは声《こえ》をかけた。

いっしょに階《かい》だんを下《お》りながら、青山《あおやま》にいってやった。

「だいじょうぶや。青山《あおやま》が一人《ひとり》でトイレに行《い》かれへんことは、クラスのだれにもいわへん。」

青山《あおやま》がむすっとした顔《かお》で、うなずいた。

校門《こうもん》を出《で》たところで、青山《あおやま》がたずねた。

「あいつ、いつからいるの。」

ぼくは、目《め》の前《まえ》の石《いし》をけった。

「あの本《ほん》だなが、やってきた日《ひ》からや。クラス委員長《いいんちょう》を決《き》めるときに、ぼくの手《て》を持《も》ちあげたのは、あいつなんや。」

「そうか。小松《こまつ》がりっこうほするなんて、変《へん》だと思《おも》った。」

ほっとしたような声《こえ》で、青山《あおやま》がいった。

ぼくは石《いし》を追《お》いかけていき、またけった。

「クラス委員長《いいんちょう》なんか、なりたくなかった。」

「あんなやつにひっつかれ、おはぎを取《と》られ、小松《こまつ》もたいへんだなあ。」

「しゃーない。もとは、いなかの家《いえ》にすんでいたんやから、ご先祖《せんぞ》さまかもしれへん。でも、あいつが来《き》てから、ぼくの平和《へいわ》な生活《せいかつ》は、だいなしや。」

「平和《へいわ》な生活《せいかつ》って、なに？」

道《みち》のすみっこに、ころがっていった石《いし》を追《お》いかけ、またけった。

「ぼくのゆめは、一生《いっしょう》を平和《へいわ》に、のんびりくらすことや。」

「いいたいことも、いわずに？」

「いいたいことなんか、なんにもない。」

「やりたいこともしないで？」

「やりたいことも、別《べつ》にない。」

青山《あおやま》が、横《よこ》からぼくの石《いし》を取《と》って、思《おも》いっきりけった。石《いし》は、はねながらとんでいって、ブロックべいに当《あ》たった。

「それじゃ生《い》きている意味《いみ》がない。ぼくは、いいたいことをいう。やりたいと思《おも》ったことをガンガンやっていく。そのために、がんばって一日《にち》三時間《じかん》も勉強《べんきょう》しているんだ。」

ぼくは青山《あおやま》の顔《かお》をまじまじと見《み》た。

「毎日《まいにち》、三時間《じかん》も勉強《べんきょう》してるんや。ほんまに、えらいなあ。めんどくさいやつと思《おも》ってたけど、そんなに勉強《べんきょう》してるんやったら、ぼく、そんけいするわ。」

「なんだそれ、ほめてるのか。」

「本気《ほんき》でほめてる。人間《にんげん》って、一日《にち》三時間《じかん》も勉強《べんきょう》できるんやなあ。」

「クラス委員長《いいんちょう》になった小松《こまつ》に、負《ま》けるわけにはいかないから、もっとがんばろうとしていた。」

「もうそれ以上《いじょう》、がんばらんほうがええで。青山《あおやま》はかしこいし、しっかりしてる。ぼくなんかと、くらべものにならへん。もっと自信《じしん》をもったらええんや。」

青山《あおやま》がうれしそうな顔《かお》をした。そして、ふっと思《おも》いついたみたいにさそった。

「これから、ぼくの家《いえ》に遊《あそ》びに来《こ》ないか。おいしいクッキーがあるんだ。」

7 青山《あおやま》は、いいやつかも

青山《あおやま》の家《いえ》は、大《おお》きな通《とお》りから一本《ぽん》、中《なか》に入《はい》ったところの、神社《じんじゃ》のうらにあった。

「青山歯科《あおやましか》」というかんばんがかかっている、横《よこ》の入《い》り口《ぐち》から入《はい》った。

「ただいま」と、青山《あおやま》が大声《おおごえ》を出《だ》した。

大《おお》きなげんかんで、ラジオ体《たい》そうができそうなぐらい。正面《しょうめん》には黄色《きいろ》や赤色《あかいろ》や、青色《あおいろ》のうずまきの絵《え》が、かざってあった。

「おかえりなさい。」

やさしい声《こえ》がして、花《はな》がらのエプロンをした女《おんな》の人《ひと》が出《で》てきた。

「あら、お友《とも》だち？」

「まあね。あとでクッキー持《も》ってきてよ」と、青山《あおやま》がぶっきらぼうにいう。

いっしょに二階《かい》へ上《あ》がる。長《なが》いろうかの両《りょう》がわに、いくつもドアがあった。

左《ひだり》のドアを開《あ》けて、青山《あおやま》といっしょに入《はい》った。

その部屋《へや》は、ぼくの家《いえ》のリビングぐらいの大《おお》きさだった。きょろきょろと部屋《へや》の中《なか》を見回《みまわ》した。

「ここ、おまえだけの部屋《へや》？」

「そうだよ。すわったら」と、青山《あおやま》がソファを指《ゆび》さす。

(自分《じぶん》の部屋《へや》に、ソファがあるのか！)

一人《ひとり》でこんな大《おお》きい部屋《へや》を使《つか》っていたら、ザシキワラシがいうように、あかりを消《け》してねられないのも、しかたないかも。つくえ、本《ほん》だな、ベッドのほかに、パソコンまであった。

コンコンと、小《ちい》さくドアが鳴《な》る。

「おじゃまするわね。」

青山《あおやま》のお母《かあ》さんが、ジュースとクッキーを、おぼんにのせて入《はい》ってきた。

「この子《こ》がお友《とも》だちを連《つ》れてくるの、めずらしいのよ。これからもよろしくね。」

と、にっこり笑《わら》った。

「はい」と、ぼくは頭《あたま》を下《さ》げた。

「もう、じゃまだから、出《で》ていってよ」と、青山《あおやま》はえらそうだ。

「わかったわ。クッキーは、ここにおいておくわね。」

青山《あおやま》のお母《かあ》さんは、笑顔《えがお》のまま出《で》ていった。

ぼくは、ソファにどすんとすわった。

「きれいなお母《かあ》さんやなあ。」

「そうか？」

「うちの母《かあ》ちゃんの、十倍《ばい》はきれいや。」

「ふーん。」

クッキーは、今《いま》まで食《た》べた中《なか》で、一番《いちばん》おいしかった。青山《あおやま》はいつもこんなものを食《た》べているのか。最高《さいこう》にうらやましい。

本《ほん》だなは、本《ほん》とまんがでいっぱいだった。

『こん虫百科《ちゅうひゃっか》』というずかんを見《み》つけ、ぱらぱらめくっていると、青山《あおやま》がたずねた。

「虫《むし》が好《す》きなのか。」

「ああ。」

「虫《むし》をさわるのも、平気《へいき》？」

「まあな。」

「たのみがあるんだけれど。」

青山《あおやま》が、ぶあつい辞書《じしょ》を、ぼくにわたした。

「どこかに黒《くろ》い虫《むし》がはさまっているんだ。とつぜん飛《と》んできて、開《ひら》いていた辞書《じしょ》の中《なか》にとまったから、とじてしまったんだ。中《なか》に虫《むし》がいると思《おも》うと、どうしても開《あ》けられなくって。」

「それ、いつの話《はなし》？」

「半年《はんとし》ぐらい前《まえ》。」

「ぜったい死《し》んでるやん。」

「たぶんね。でも、ピクリとでも動《うご》いたら……、ぼくには開《あ》けられない。」

大《おお》げさなやつ。ぱらぱらと辞書《じしょ》をめくった。虫《むし》はすぐに見《み》つかった。黒《くろ》と黄《き》のしまもよう。ぺったんこだ。かわいそうに。

指《ゆび》でつまんで、「ほら、アシナガバチ」と、持《も》ちあげた。

「ぎゃっ」と、青山《あおやま》がなさけない声《こえ》をあげた。ぼくはアシナガバチを、ゴミ箱《ばこ》へすてた。

青山《あおやま》がホッとした顔《かお》になり、「ゲームでもする？」とたずねた。

パソコンで戦《せん》とうゲームをさせてくれたが、最新《さいしん》のゲームになれていないぼくの指《ゆび》は、うまく動《うご》かず、すぐに終《お》わってしまった。コントローラーを青山《あおやま》に返《かえ》した。

「あーあ、ぼくもパソコンとか、自分《じぶん》のソファとか、ほしいなあ。」

自分《じぶん》のソファどころか、家《いえ》にソファがないんだから、むりなんだけど。

「小松《こまつ》の部屋《へや》って、どんな感《かん》じ？」

青山《あおやま》が身《み》をのりだして、きいてきた。

「せまくって、なんもない感《かん》じ。母《かあ》ちゃんがケチで、なんも買《か》ってくれへん。」

「へえ、なんにもないんだ。行《い》ってみたいなあ。」

「じゃあ、あした、学校《がっこう》の帰《かえ》りに来《こ》いや。」

「うん」と、青山《あおやま》がうなずいた。


次《つぎ》の日《ひ》、やくそくどおり、青山《あおやま》を家《いえ》に連《つ》れてかえった。

団地《だんち》の階《かい》だんを二階《かい》まで上《あ》がり、ランドセルからカギを出《だ》してドアを開《あ》けた。

母《かあ》ちゃんは仕事《しごと》から、まだ帰《かえ》ってきていない。

家《いえ》の中《なか》に入《はい》ると、左《ひだり》のドアが物置部屋《ものおきべや》で、右《みぎ》のドアがぼくの部屋《へや》だ。

小《ちい》さな部屋《へや》は、つくえとタンスと出《だ》しっぱなしのふとんと、ぬいだ服《ふく》やまんがで、ごちゃごちゃになっていた。ふとんを半分《はんぶん》にたたんで、空《あ》いたところに青山《あおやま》をすわらせた。

「いったとおり、なんにもないやろ。」

「うん、ほんとうにせまい。ベッドもない。すごいなあ。」

青山《あおやま》が部屋《へや》の中《なか》を、きょろきょろ見回《みまわ》している。

「あれは、なに」と、タンスの上《うえ》を指《ゆび》さした。

石《いし》の標本《ひょうほん》だった。二十種類《しゅるい》の石《いし》がならんでいて、名前《なまえ》がついている。

去年《きょねん》のクリスマスに、父《とう》ちゃんからもらったものだ。

「へえ、すごいなあ」と、青山《あおやま》がじいっと、ながめている。

うれしくなって、ぼくはカンカンの中《なか》にしまってあるアンモナイトの化石《かせき》も見《み》せた。はい色《いろ》の石《いし》の中《なか》に、うずまきもようの貝《かい》がとじこめられている。

「一億年前《おくねんまえ》の化石《かせき》なんや。」

「これ、アンモナイトだろ。どこで手《て》に入《い》れたの。」

「この前《まえ》、父《とう》ちゃんと博物館《はくぶつかん》へ行《い》って、ばあちゃんのお金《かね》で買《か》ったんや。」

「ほんとうに、かっこいいよな。」

ぼくの、宝《たから》ものだった。青山《あおやま》があんまりほめるので、いい気分《きぶん》だった。

「青山《あおやま》の家《いえ》やったら、きっと、もっと大《おお》きいやつを買《か》ってくれるって。」

しばらくすると、母《かあ》ちゃんが仕事《しごと》から帰《かえ》ってきた。

「風太《ふうた》、たこやきを買《か》ってきたから、食《た》べにおいで。」

青山《あおやま》といっしょに、リビングへ出《で》ていった。

「はじめまして」と、青山《あおやま》が頭《あたま》を下《さ》げた。

「知《し》ってるよ、青山《あおやま》くんやろ。むっちゃ、かしこい子《こ》やん。まあすわって。」

たこやきは大《おお》きいパックのまま、どんとテーブルに出《だ》してあった。

母《かあ》ちゃんは冷《れい》ぞう庫《こ》へ、キャベツやねぎをしまいながら、しゃべりつづけた。

「えんりょせんと、いっぱい食《た》べてな。おいしいでえ。」

「ありがとうございます」と青山《あおやま》が、たこやきを取《と》った。

「風太《ふうた》、クラス委員長《いいんちょう》なんかになって、ちゃんとやってる？」

母《かあ》ちゃんが、よけいなことをいう。

「だいじょうぶです。きちんと、やっていますから。」

「変《へん》なことしたら、くびにしてね。もともとこの子《こ》には、むりなんやから。」

なんてことをいう親《おや》だ。ぼくは、むっとした顔《かお》で、たこやきを口《くち》に入《い》れた。

「青山《あおやま》くん、風太《ふうた》と友《とも》だちになって、かしこいのをうつしたって。でもな、アホをうつされたら、あかんで。青山《あおやま》くんのお母《かあ》さんに、おこられるからな。はははは。」

母《かあ》ちゃんは一人《ひとり》でいって、一人《ひとり》でうけている。

「アホがうつらないように、気《き》をつけます」と、青山《あおやま》がせすじをのばして返事《へんじ》した。

「まじめに答《こた》えんといてよ。」

母《かあ》ちゃんは青山《あおやま》のせなかをバシバシたたきながら、大笑《おおわら》いしている。

ぼくは、はずかしかった。


母《かあ》ちゃんがたまごを買《か》いわすれたので、青山《あおやま》が帰《かえ》るときに、つかいにやらされた。

「小松《こまつ》の母《かあ》さん、明《あか》るいよね」と、青山《あおやま》がいった。

「うるさい、のまちがいとちゃうか。」

「ううん、ぼくの母《かあ》さんの十倍《ばい》は明《あか》るいよ。」

「百倍《ばい》うるさいけどな。」

スーパーの前《まえ》で青山《あおやま》が立《た》ちどまり、まじめな顔《かお》になった。

「こんど新聞委員《しんぶんいいん》で、かべ新聞《しんぶん》を作《つく》るんだけど、よかったら手伝《てつだ》ってくれないか。」

「えっ。」

「小松《こまつ》がいたら、おもしろい新聞《しんぶん》が作《つく》れそうだ。こん虫《ちゅう》や石《いし》のことをよく知《し》っているだろう。川上《かわかみ》にもイラストをたのんでいるんだ。もし、手伝《てつだ》ってくれたら、ぼくはうれしいよ。」

たのみごとをされるのは、いい気分《きぶん》だった。

「ええで。」

「じゃあね、また」と、青山《あおやま》がしせいよく、歩《ある》いていく。

勉強好《べんきょうず》きでちょっと変《か》わっているけど、青山《あおやま》は、いいやつかもしれない。

町《まち》はうす暗《ぐら》くなり、しずんでいく夕日《ゆうひ》で、オレンジ色《いろ》にそまっていた。

8 杉《すぎ》ヤンはなんでも知《し》っている

新聞委員《しんぶんいいん》の青山《あおやま》と佐々木《ささき》と、ぼくと川上《かわかみ》で、かべ新聞《しんぶん》一号《ごう》を作《つく》ることになった。
「四字《よじ》じゅく語《ご》のコーナーを作《つく》ろう」と、青山《あおやま》がいう。
「かべ新聞《しんぶん》で、勉強《べんきょう》なんかしたくないと思《おも》うで」と、ぼくは注意《ちゅうい》した。
「でも、四字《よじ》じゅく語《ご》をのせたい」と、青山《あおやま》がいいはる。
「おもしろい四字《よじ》じゅく語《ご》にすればいいんよ」と、川上《かわかみ》が意見《いけん》を出《だ》した。
「どういうふうに？」
「それは、自分《じぶん》で考《かんが》えたら」川上《かわかみ》はクールだ。
ぼくは記事《きじ》に、大好《だいす》きなオニヤンマの絵《え》をかいて、その習性《しゅうせい》について調《しら》べることにした。

川上《かわかみ》と佐々木《ささき》は料理《りょうり》のコーナーで、オムライスの作《つく》り方《かた》を書《か》くという。

記事《きじ》が三つじゃ、少《すく》ないような気《き》がする。あとは、なにをのせたらいいだろう。

「大人《おとな》の新聞《しんぶん》には、インタビューとかあるけど」と、川上《かわかみ》がいった。

「それ、いいんじゃない。」

「だれにインタビューする？」

「うーん、学校《がっこう》の中《なか》で、一番物知《いちばんものし》りの人《ひと》。」

「あっ……」と、四人同時《にんどうじ》に思《おも》いついた。

「杉《すぎ》ヤン！」

「決《き》まりだね。」

杉《すぎ》ヤンというのは、かんり作業員《さぎょういん》のおじさんだ。この小学校《しょうがっこう》で、ずっと働《はたら》いていて、どの先生《せんせい》よりも長《なが》くいるらしい。だから、なんでも知《し》っていた。

四人《にん》で、かんり作業員室《さぎょういんしつ》へ行《い》くと、杉《すぎ》ヤンがのんびりお茶《ちゃ》を飲《の》んでいた。ぼくたちは、かべ新聞《しんぶん》のためのインタビューを申《もう》しこんだ。

「うんうん。ええで」と、杉《すぎ》ヤンが、たなの戸《と》を開《あ》けて、肉《にく》まんを出《だ》した。

「ほら食《た》べ。ないしょやで。」

ぼくたちは喜《よろこ》んで食《た》べた。

「むっちゃ、おいしい！」

青山《あおやま》だけが、こまった顔《かお》をしている。

「学校《がっこう》で、こんなの食《た》べていいのかなあ。」

「いいに決《き》まってるやん。青山《あおやま》が食《た》べないんやったら。」

ぼくが手《て》をのばすと、青山《あおやま》が先《さき》に肉《にく》まんを取《と》って、ぱくっと口《くち》に入《い》れた。

「むっちゃ、おいしい！」

ぼくたちの大阪弁《おおさかべん》を、まねした。

かんり作業員室《さぎょういんしつ》のかべには、大《おお》きなとんかちや、のこぎりや、ペンチや、いろんな道具《どうぐ》がかけてある。杉《すぎ》ヤンは、トイレのドアが開《あ》かなくなったときも、にわとり小屋《ごや》のあみが、やぶれてしまったときも、あっという間《ま》に、直《なお》してくれた。

青山《あおやま》がノートを出《だ》して、インタビューをはじめる。

「杉《すぎ》ヤンは、なん年《ねん》、この小学校《しょうがっこう》にいるのですか。」

「うんうん。二十年《ねん》ぐらいかなあ。」

「二十年間《ねんかん》働《はたら》いている中《なか》で、おもしろい話《はなし》はありましたか。」

「うんうん、あるで。どの小学校《しょうがっこう》でも、ふしぎなことは起《お》こるが……。」

杉《すぎ》ヤンが話《はな》しはじめた。

「一つ目《め》は、この小学校《しょうがっこう》の校長先生《こうちょうせんせい》はかならず、

はげていることや。いまの校長先生《こうちょうせんせい》は、はじめはふさふさやったのに、一年《ねん》ではげてしまった。校長室《こうちょうしつ》に、のろいでも、かかってるんやなあ。」

ごくっ、みんなでつばをのんだ。

「二つ目《め》は、幸《しあわ》せをよぶ大《おお》きなガマガエルや。校門《こうもん》を入《はい》ったところの池《いけ》にすんでいて、めったに、すがたを見《み》せへん。そのガマガエルを見《み》たあと、わしは宝《たから》くじに当《あ》たったたんや。一万円《まんえん》やけどな。」

佐々木《ささき》が小《ちい》さく手《て》をあげた。

「わたし、おとつい見《み》た。でっかい石《いし》みたいなのが、もそもそ歩《ある》いてた。」

「なんかいいこと、あった？」と、川上《かわかみ》がきく。

「その日《ひ》に返《かえ》ってきたテストが、百点《てん》やった。」

あした、みんなで、そのガマガエルをさがしに行《い》こう。

「三つ目《め》のふしぎは、あんたらの四年《ねん》二組《くみ》や。下校時間《げこうじかん》のあとで見回《みまわ》りをしてると、ふぇっふぇっ　ふぇっと、教室《きょうしつ》から笑《わら》い声《ごえ》が聞《き》こえてくる。だれもいないのにや。」

川上《かわかみ》と佐々木《ささき》が、こわそうに顔《かお》をしかめた。

ぼくと青山《あおやま》は顔《かお》を見合《みあ》わせ、うなずいた。

ザシキワラシにちがいない。

インタビューが終《お》わり、ぼくたちは教室《きょうしつ》へもどることにした。

「杉《すぎ》ヤンのインタビューは、いい思《おも》いつきだった。」

「次《つぎ》の号《ごう》にも、だれかのインタビューを入《い》れよ。」

階《かい》だんをあがりながら、川上《かわかみ》がふりかえった。

「給食《きゅうしょく》のガハハおばさんは、どうかな。」

「さんせい。」

「おいしいものを、教《おし》えてくれそう。」

階《かい》だんをあがりきったところで、佐々木《ささき》がだれかとぶつかった。

「あぶないやないか」と大声《おおごえ》がする。

岩本《いわもと》と、内山《うちやま》だった。岩本《いわもと》はとなりの一組《くみ》の、体《からだ》のでかい、あばれんぼう。内山《うちやま》は、岩本《いわもと》のひっつき虫《むし》だ。

佐々木《ささき》がすぐにあやまった。

「ごめんなさい。」

「ごめんですんだら、ケーサツはいらへんからな。」

岩本《いわもと》と内山《うちやま》が、ぼくたちの間《あいだ》を、むりやり通《とお》りぬけ、下《お》りていった。

「なにあれ、感《かん》じ悪《わる》い」と、川上《かわかみ》が口《くち》をとがらせた。

「こわかった」と、佐々木《ささき》が小《ちい》さい声《こえ》でいった。

教室《きょうしつ》にもどって、記事《きじ》にする部分《ぶぶん》のたんとう者《しゃ》を決《き》めた。もぞう紙《し》を切《き》りわけ、それぞれ持《も》ってかえる。月曜日《げつようび》にまた持《も》ちよって、はりあわせればできあがりだ。

日曜日《にちようび》、ぼくは図書館《としょかん》で、大《おお》きなこん虫《ちゅう》ずかんを借《か》りてきた。持《も》ってかえってきたもぞう紙《し》に、ていねいにオニヤンマの絵《え》をかいた。虫《むし》のいろんな部分《ぶぶん》の名前《なまえ》と、すんでいる場所《ばしょ》など、できるだけくわしく書《か》いた。半日《はんにち》もかかったが、われながらうまくできた。

月曜日《げつようび》、みんなの記事《きじ》を合《あ》わせ、新《あたら》しいもぞう紙《し》にはっていく。

『四年二組《ねんくみ》から世界《せかい》へ』と、青山《あおやま》が、かっこいい題《だい》をつけた。

かべ新聞《しんぶん》一号《ごう》ができあがった。

後《うし》ろの、けいじ板《ばん》にはると、クラスのみんながよってきた。

「にがお絵《え》、そっくりや。これ、杉《すぎ》ヤンの顔《かお》やろ。」

「このとんぼは、だれがかいたの。」

「オニヤンマは、ぼくがかいた」と、むねをはった。

青山《あおやま》が作《つく》ったクイズ「数字《すうじ》を入《い》れたら四字《よじ》じゅく語《ご》」も、人気《にんき》だった。

＊漢字の数字を入れて、四字じゅく語を作ろう。

○石○鳥　○日坊主　○方美人

○捨○入　○転○起　○○歩○歩

【答《こた》え】一石《せき》二鳥《ちょう》／三日《か》坊《ぼう》主《ず》／八方《ぽう》美《び》人《じん》／四捨《しゃ》五入《にゅう》／七転《てん》八起《き》／五十歩《ぽ》百歩《ぽ》

かべ新聞《しんぶん》一号《ごう》『四年《ねん》二組《くみ》から世界《せかい》へ』は、ひょうばんがよかった。

ノッポ先生《せんせい》も、ほめてくれた。

「すばらしい新聞《しんぶん》です。世界《せかい》へ、ですか。」

ぼくはうれしくなって、青山《あおやま》にたのんだ。

「かべ新聞《しんぶん》二号《ごう》も、いっしょにやりたいなあ。」

「オッケー」と、青山《あおやま》が笑《わら》った。

⑨ やってみな、わからへんで

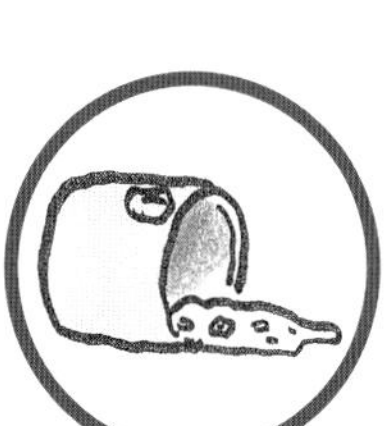

給食《きゅうしょく》のあとかたづけのとき、ろうかのほうで、わぁという大《おお》きなさけび声《ごえ》と、ガランガランとバケツのころがる音《おと》がした。

一組《くみ》の前《まえ》のろうかで、二組女子《くみじょし》の川上《かわかみ》と山坂《やまさか》、一組《くみ》の岩本《いわもと》と内山《うちやま》が立《た》っていた。

バケツがころがり、まわりに、給食《きゅうしょく》のカレーの残《のこ》りがこぼれている。

岩本《いわもと》と内山《うちやま》が、大《おお》きな声《こえ》を出《だ》した。

「きたないなあ。わざわざ一組《くみ》の前《まえ》でこぼすことは、ないんちゃうか。」

「ほんま、ないんちゃうか。」

「そっちがぶつかってきたんでしょう」と、川上《かわかみ》がおこっている。

ほんとうに気《き》が強《つよ》い。

「おまえらが、こぼしたんやろ。一組《くみ》のろうかが、カレーくさくなるやろ。」

「ごめんなさい」と、山坂《やまさか》があやまった。

「ごめんですめば、ケーサツはいらへんよなあ」と、内山《うちやま》がえらそうにいう。

なんだか、こまった感《かん》じ。ぼくは、だまって見《み》ていた。さわらぬ神《かみ》に、たたりなし。

そのとき、耳《みみ》のすぐそばで、ザシキワラシの声《こえ》がした。

ほっといて、いいんか。クラス委員長《いいんちょう》なんやろ。

ぼくはいいかえした。

「クラス委員長《いいんちょう》になったからって、急《きゅう》にしっかりしたり、けんかが強《つよ》くなったりするわけちゃうからな。」

そんなもん、やってみな、わからへんで。

せなかを、ドンとおされた。
「おっ、とっ、とっ。」
ろうかに大《おお》きく一歩《ぽ》、飛《と》びだしてしまった。
みんながいっせいに、ぼくを見《み》る。
「もんくあるんか」と、内山《うちやま》がにらんだ。
なにかをいわなくては。頭《あたま》の中《なか》を、ぐるぐる回《まわ》した。
「えっと、とりあえず、かたづけよう。川上《かわかみ》、そうじ道具《どうぐ》を取《と》ってきて。」
ぼくの声《こえ》は、いつもより高《たか》く、自分《じぶん》の声《こえ》じゃないみたい。
「わたし、バケツに水《みず》をくんでくる」と、山坂《やまさか》が走《はし》っていった。
川上《かわかみ》がちりとりを持《も》ってきたので、こぼれたカレーを手《て》ですくい、中《なか》に入《い》れた。
あとのベタベタを、ぞうきんを使《つか》って、三人《にん》でふきはじめた。
内山《うちやま》が近《ちか》づいてきて、「カレーくさー」と鼻《はな》をつまんだ。となりでカレーをふ

デストロイ

いている川上《かわかみ》の目《め》が、三角《さんかく》になっていた。バケツの水《みず》で
ぞうきんをあらい、もう一回《かい》ていねいにふいた。

「やっぱりまだ、カレーくさいなあ」と、岩本《いわもと》がくりかえす。

「うるさい」と、川上《かわかみ》がきつい声《こえ》でいい、立《た》ち上《あ》がった。

ぼくは心《こころ》の中《なか》で、「どうしよう」とつぶやいた。

「なんやとお。」

岩本《いわもと》が川上《かわかみ》に向《む》かっていこうとしたとき、ぼくはとっさに、
二人《ふたり》の間《あいだ》に立《た》ち、ふるえる声《こえ》でいった。

「くさくないで。ちゃんとふいたから。」

「くさい、ゆうたら、くさいんや」と、岩本《いわもと》が体《からだ》をおしつけてくる。

後《うし》ろで川上《かわかみ》が見《み》ている。にげるわけにはいかない。

「カ、カレーのにおいなんか、ぜんぜんくさくない。おいしいにおいや。」

ぼくはふるえる声《こえ》で、がんばった。

「岩本《いわもと》の、は、鼻《はな》のほうが、おかしいんちゃうか。」

「なんやそれ！」

岩本《いわもと》が、ぼくのシャツをつかんで、「くさいっていうたら、くさいんや」と、ぐいと持《も》ち上《あ》げた。

ぼくは、せのびをして、ふんばった。そして、右手《みぎて》に持《も》っていたぞうきんを、岩本《いわもと》の鼻《はな》にぐいとおしつけた。

「くさいのは、これちゃうか。」

「きたねっ！」

岩本《いわもと》がぼくをはなすと、ゲンコをふりあげた。

思《おも》わず目《め》をつぶった。

ゲンコは当《あ》たらなかった。そっと目《め》を開《あ》けると、岩本《いわもと》のゲンコが空中《くうちゅう》で止《と》まっていた。

「うっ、うっ」と、岩本《いわもと》がまっ赤《か》な顔《かお》をして力《ちから》を入《い》れているが、動《うご》かない。まるでだれかが、うでをつかんでいるように。

そのとき、ノッポ先生《せんせい》の大《おお》きな声《こえ》が、遠《とお》くから聞《き》こえてきた。

「手《て》を下《お》ろしなさい、岩本《いわもと》くん。話《はな》せばわかります。」

早足《はやあし》で歩《ある》いてきたノッポ先生《せんせい》が、岩本《いわもと》のかたをつかんだ。

「二組《くみ》と一組《くみ》は、となり同士《どうし》なんですから、なかよくしましょう。」

岩本《いわもと》がくやしそうな顔《かお》で、ぼくをにらんだ。

ぼくはホッとため息《いき》をついて、ザシキワラシに「ありがとう」と、つぶやいた。

すると、すぐ近《ちか》くで、笑《わら》い声《ごえ》がした。

ふぇっ　ふぇっ　ふぇっ。風太《ふうた》、なぐられんで、よかったなあ。

五時間目《じかんめ》のじゅぎょうがはじまっても、ぼくの体《からだ》はまだ少《すこ》しふるえていた。

しばらくすると、前《まえ》から紙《かみ》が回《まわ》ってきた。

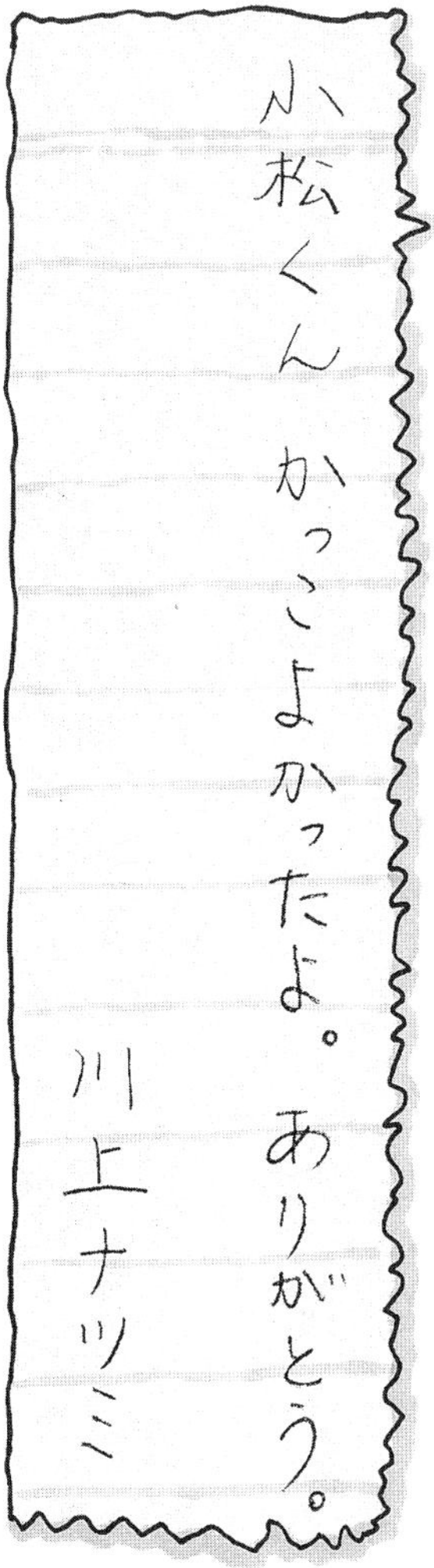

小松くん
かっこよかったよ。ありがとう。
川上ナツミ

後《うし》ろを向《む》いて、川上《かわかみ》が小《ちい》さく手《て》をふってくれた。
ぼくは紙《かみ》を四つに折《お》り、むねのポケットにしまった。
むねのあたりが、ぽわんとあたたかくなる。
笑《わら》いたいような、泣《な》きたいような、ふしぎな気分《きぶん》……。
でも、うれしかった。

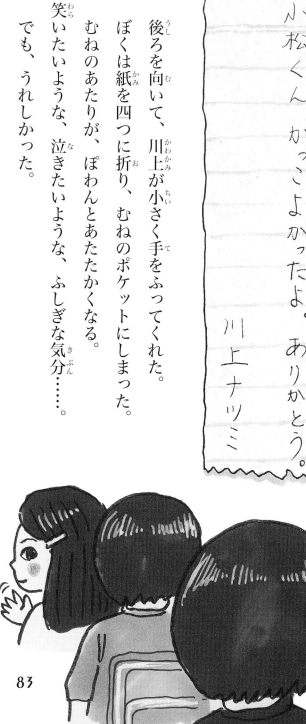

⑩ ザシキワラシがいない！

カレー事件《じけん》から、二日《ふつか》たった。

体育《たいいく》の時間《じかん》が終《お》わって、運動場《うんどうじょう》から教室《きょうしつ》にもどってくると、青山《あおやま》のおどろいた声《こえ》が聞《き》こえてきた。

「なんだよ、これ！」

声《こえ》のするほうへ走《はし》った。教室《きょうしつ》の後《うし》ろのかべ新聞《しんぶん》が、ビリビリにやぶかれていた。本《ほん》だなに、ならべられていたはずの本《ほん》もばらまかれ、ぐちゃぐちゃになっている。

クラスのみんなが、どんどん集《あつ》まってきた。

「こんなことしたの、だれ。」

「本《ほん》だなはどこ。」

「本《ほん》だながない。」

「消《き》えちゃった。」

教室《きょうしつ》のどこにも、本《ほん》だなはなかった。

青山《あおやま》が近《ちか》づいてきて、「ザシキワラシは？」と、ぼくにきく。

「わからへん。本《ほん》だなに、くっついてるはずやけど。」

窓《まど》の近《ちか》くにも、本《ほん》がいっぱい落《お》ちていた。

ぼくは、『星《ほし》の王子《おうじ》さま』を拾《ひろ》った。表紙《ひょうし》がやぶれている。窓《まど》の外《そと》にも本《ほん》が落《お》ちているかもと、のぞいてびっくりした。

「なんでやねん！」と、声《こえ》をあげた。

土《つち》の上《うえ》に、本《ほん》だなが、あおむけにころがっていた。

だれかが、この窓《まど》から落《お》としたんだ。なんてことをするんだ。

みんなも、よってきた。

「ここから投《な》げたんや。信《しん》じられへん。」

「あぶないなあ。」

「だれかに当《あ》たったら、どうするねん。」

へいと校《こう》しゃの間《あいだ》の、せまい場所《ばしょ》。そこにあるイチョウの木《き》の根《ね》もとに、本《ほん》だながあった。

ぼくは教室《きょうしつ》を出《で》て、いそいで階《かい》だんをかけおりた。青山《あおやま》や、クラスのみんなもついてきた。

近《ちか》くで見《み》ると、本《ほん》だなは、ぐしゃっとななめに、つぶれていた。

「ザシキワラシ、どこや！」と、ぼくは声《こえ》をあげた。

返事《へんじ》がない。落《お》ちたショックで、どこかへ飛《と》んでいってしまったのかも……。

いっしょについてきたクラスのやつが、ぼくにたずねた。

「ザシキワラシ？　小松《こまつ》はなにをいってるの。」

それに答《こた》えず「ザシキワラシ！」と、もう一度《いちど》さけんだ。

青山《あおやま》が、かわりに説明《せつめい》をしている。

「ぼくも一回《かい》しか会《あ》ったことないんだけど、この本《ほん》だなにくっついている神《かみ》さまの名前《なまえ》。小松《こまつ》の親《しん》せきみたいなものだって。」

「親《しん》せきで、神《かみ》さまで、本《ほん》だな？　わからへんなあ。」

「でも、だれが、こんなひどいことしたんや。」

「小松《こまつ》、とりあえず本《ほん》だなを、教室《きょうしつ》にもどそうよ」と、青山《あおやま》がいう。

ぼくは、なんかくやしくて、なみだが出《で》そうだった。

川上《かわかみ》と山坂《やまさか》が、ばらばらに落《お》ちている本《ほん》を、拾《ひろ》いあつめている。

青山《あおやま》とぼくで、こわれた本《ほん》だなをそっと持《も》ち上《あ》げた。クラスでいちばん力持《ちからも》ちの大川《おおかわ》も、いっしょに持《も》ってくれた。

ゆっくり階《かい》だんをあがっていく。

みんなで一組《くみ》の前《まえ》を通《とお》るとき、入《い》り口《ぐち》のところで、岩本《いわもと》と内山《うちやま》がにやにや笑《わら》いながら見《み》ていた。

「おまえらが、やったんか」と、ぼくはにらんだ。

「さーね」と、岩本《いわもと》が一組《くみ》の教室《きょうしつ》の中《なか》へ入《はい》っていき、内山《うちやま》もひっついていった。

本《ほん》だなは二組《くみ》の教室《きょうしつ》にもどったが、うまく立《た》たなかった。ななめにひしゃげていて、ムリにもどそうとすると、もっとこわれそうだった。

みんなが、ぼくのまわりに集《あつ》まってきた。

「どうするの。」

「もう、ゴミすて場《ば》行《い》きかなあ。」

「あかんかもね。」

ザシキワラシの声《こえ》は、まったく聞《き》こえない。

ぼくは、じっと本《ほん》だなを見《み》た。

「もとどおりに、直《なお》す！」

「どうやって」と、青山《あおやま》がきく。

「うーん。」

ぜったい、しゅうりしたい。でも、どうしていいかわからない。

佐々木《ささき》が小《ちい》さな声《こえ》で、「杉《すぎ》ヤンなら、直《なお》せるかも」といった。

グッドアイデアだ。

「よんでくる。」

ぼくは、かんり作業員室《さぎょういんしつ》まで走《はし》った。

杉《すぎ》ヤンはいつものように、お茶《ちゃ》を飲《の》んでいた。

はあはあと息《いき》を切《き》らしながら、ぼくはたのんだ。

「学級文庫《がっきゅうぶんこ》の、本《ほん》だながこわれたんや。ななめにひしゃげて、もとにもどらへん。どうしよう。」

「うんうん。あれは、木《き》を組《く》んでいるやつやから、むずかしいで。木《き》づちがいるなあ、あとは……。」

道具《どうぐ》をえらんで、ふくろに、ぽいぽい入《い》れていく。

「さあて、見《み》に行《い》こか」と、杉《すぎ》ヤンがふくろをぶらさげて歩《ある》きだした。

教室《きょうしつ》に入《はい》ると、杉《すぎ》ヤンは、ななめになった本《ほん》だなのあちこちをじっと見《み》ていた。板《いた》をなでたり、角《かど》をさわったりしている。

そのあと「よおし、わかった」と、うなずいた。

角《かど》を指《ゆび》さして、「しっかり持《も》って」という。

ぼくは力《ちから》を入《い》れて持《も》った。大川《おおかわ》もいっしょに持《も》ってくれた。

「いくで」と、かけ声《ごえ》がかかる。

ギギギギ　ギギギギ　ギギギギ

杉《すぎ》ヤンに引《ひ》っぱられて、本《ほん》だなが、ゆっくりもとの形《かたち》にもどっていく。ちゃんと立《た》つようになった。

杉《すぎ》ヤンが木《き》づちで、角《かど》のゆるんだところをたたいた。

カンカン　カンカン　カンカン

さいごに接着《せっちゃく》ざいで、ひびの入《はい》ったところをうめる。

本《ほん》だなは、すっかりもとどおりになった。

「杉《すぎ》ヤン、ありがとう」と、ぼくは心《こころ》からお礼《れい》をいった。

「ほんま、たよりになるわ。」

「ありがとうね、杉《すぎ》ヤン。」

「うんうん。気《き》をつけて使《つか》えば、まだ、だいじょうぶやから。」

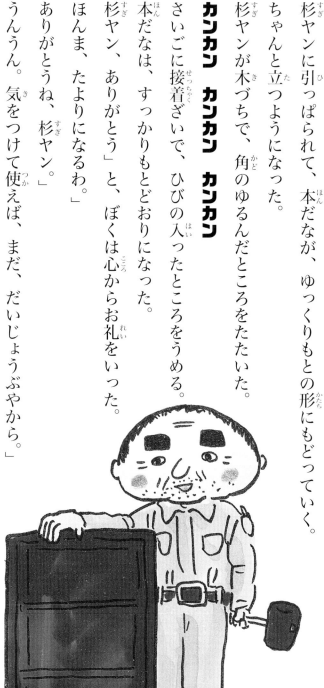

杉《すぎ》ヤンは、かんり作業員室《さぎょういんしつ》へもどっていった。

みんなで本《ほん》だなを持《も》ち上《あ》げて、もとの場所《ばしょ》へもどす。

女子《じょし》が、セロハンテープでしゅうりした本《ほん》を、ならべていく。

もとどおりになったとき、本《ほん》だなの上《うえ》に、ザシキワラシがぽわんとあらわれた。

「ぶじやったんや！」と、ぼくはさけんだ。

なさけない顔《かお》のザシキワラシが、頭《あたま》のたんこぶをおさえて、すわっていた。

まいった、まいった。昼《ひる》ねをしてたら、ふわっと、ういたんや。なんやろうと思《おも》っているうちに、ヒュウウウ、ガンガンガンや。もうおだぶつかと思《おも》ったわ。

「本《ほん》だながこわれて、ザシキワラシも死《し》んだのかと思《おも》った。ホッとしたあ。」

青山《あおやま》が、こほんとせきばらいをした。

「それはおかしい。神《かみ》さまが死《し》ぬはずないからね。」

クラスのみんなはザシキワラシをはじめて見《み》て、ぽかんとした顔《かお》になっている。

「だれ、これ？」

「ザシキワラシ」と、ぼくが答《こた》えた。

「小松《こまつ》くんのしんせき？」

「うーん。みたいなもんかなあ。」

「本《ほん》だなといっしょにいるの？」

「うん」と、ぼくは答《こた》えた。

「ひょっとしたら、いままでも、いてたの？」

「うん。ゼリーとか、みかんとか、給食《きゅうしょく》のときに、かってに食《た》べてた。」

大川《おおかわ》が、いいことを思《おも》いついたように、さけんだ。

「二組《くみ》のペットにしよう。」

あかんと、ザシキワラシがすぐに、ことわった。

青山《あおやま》が説明《せつめい》する。

「ペットじゃないんだ、神《かみ》さまなんだからね。かうんじゃなくて、おまつりしなくっちゃ。」

「おまつりって、どうするの？」と、大川《おおかわ》がたずねた。

「大切《たいせつ》にするってことだよ。」

「犬《いぬ》のゴロウも、大切《たいせつ》にされてるで。」

「犬《いぬ》とはちがうよ。神《かみ》さまなんだから、おそなえをしたり、かしわ手《で》を打《う》ったりしなくちゃ。」

青山《あおやま》が、パンパンと手《て》をたたき、頭《あたま》を下《さ》げた。

おっほん。そのとおりいと、がらがら声《ごえ》でザシキワラシがいった。

「なんか、かわいい。」

「ポニーテールの神《かみ》さまやん。」

「かみの毛《け》、さわってもいい？」

「もっと、しゃべって！」

女子《じょし》がみんなで、ザシキワラシのところへおしよせ、ぺたぺたさわりだした。

やめてくれえ……。風太《ふうた》、あとはまかせたで。

ザシキワラシは悲鳴《ひめい》をあげながら、消《き》えてしまった。

「どこに、行《い》ったの？」

「ねえ、小松《こまつ》くん、親《しん》せきのザシキワラシ、いなくなったよ。」

ぼくは答《こた》えた。

「給食《きゅうしょく》の時間《じかん》になったら、また出《で》てくる。そういうやつなんや。」

⑪ はじめての、けんか

ザシキワラシのぶじがわかったら、やるべきことがあった。

「よし！」と、ぼくは気合《きあい》を入《い》れた。

青山《あおやま》が「どうした」と、ぼくに話《はな》しかけてくる。

「いうべきことを、いうんや！」

「いうべきこと？」

「岩本《いわもと》のところへ行《い》って、こんなひどいことは、もうしないようにいうんや。」

ぼくは、おこっていた。体《からだ》が熱《あつ》い。こんな気持《きも》ちは、はじめてだった。

青山《あおやま》が「そうだ！」と、さんせいした。

「ぼくも行《い》く」と、大川《おおかわ》が手《て》をあげた。

「わたしも行《い》くわ」と、川上《かわかみ》がいった。

「いろいろがまんしてたけど、あんまりよ。」

山坂《やまさか》が泣《な》きそうな顔《かお》で、さんせいする。

「一組《くみ》の、岩本《いわもと》のところへ行《い》こう。」

「さんせい。」

二組《くみ》の二十二人《にん》みんなで、いっしょに行《い》くことになった。

ろうかに出《で》て、一組《くみ》のドアの前《まえ》に立《た》つと、ぼくは大《おお》きな声《こえ》でよんだ。

「岩本《いわもと》、話《はなし》がある。」

岩本《いわもと》と、子分《こぶん》の内山《うちやま》が出《で》てきた。

「なんの用《よう》や。いっぱいぞろぞろ集《あつ》まって。」

「二組《くみ》にかってに入《はい》って、かべ新聞《しんぶん》をやぶって、本《ほん》だなを窓《まど》から投《な》げて、本《ほん》をび

りびりに、やぶったやろ。」

ぼくは、いうべきことを強《つよ》くいった。

「ぜんぜん、知《し》らんなあ。しょうこが、どこにあるんや。」

岩本《いわもと》は、とぼけるつもりらしい。

「しょうこは……」と、ぼくはことばにつまった。

内山《うちやま》が前《まえ》に出《で》てきて、にかにか笑《わら》っている。

「ばっかやなあ、弱虫《よわむし》のくせに、いいがかりをつけて。しょうこもなしに、うたがうのは、よくないよなあ。」

川上《かわかみ》が、内山《うちやま》のズボンのポケットから出《で》ていたまんがを、さっとぬきとった。

「これはなによ。」

『ナンジャモンジャ』というまんがで、表紙《ひょうし》に大《おお》きく「4年《ねん》2組《くみ》」とマジックで書《か》いてある。

「それ、わたしが持《も》ってきた本《ほん》」と、後《うし》ろから山坂《やまさか》の声《こえ》がした。

川上《かわかみ》が、そのまんがを、内山《うちやま》の目《め》の前《まえ》につきだした。

「なんで内山《うちやま》くんが、二組《くみ》のまんがを持《も》ってんのよ。」

「ちょっと、借《か》りたんや」と、内山《うちやま》の声《こえ》が弱《よわ》くなった。

「いつ借《か》りたんよ。何年《なんねん》何月《なんがつ》何日《なんにち》何時《なんじ》何分《なんぷん》。二組《くみ》のだれに借《か》りたか、はっきりいいなさい。」

ことばにつまって、内山《うちやま》が、岩本《いわもと》の顔《かお》を見上《みあ》げた。

「なんでそんなもん、持《も》ってくるんや」と、岩本《いわもと》が内山《うちやま》のかたをドンとおした。

しりもちをついた内山《うちやま》が、半泣《はんな》きになっている。

「ごめん、岩本《いわもと》。」

ぼくは岩本《いわもと》にせまった。

「あやまれ！　やくそくしろ。二組《くみ》のみんなに、ひどいことをしないって。」

「そうだ、あやまれ！」

「あやまってよ。」

「そうや。」

二十二人《にん》が、口々《くちぐち》にいった。

岩本《いわもと》は「そんなこと、知《し》らねえなあ」といいすて、一組《くみ》の教室《きょうしつ》の中《なか》へ入《はい》ってしまった。内山《うちやま》も立《た》ち上《あ》がり、こそこそついていった。

ぼくは、まよわなかった。

二人《ふたり》を追《お》いかけて、一組《くみ》の教室《きょうしつ》の中《なか》へ入《はい》った。

ぼくのあとに、二組《くみ》のみんなもつづいた。

岩本《いわもと》が、ぼくたちをにらんだ。

「なんで一組《くみ》の教室《きょうしつ》に、入《はい》ってくるんや。」

岩本《いわもと》が、教室中《きょうしつじゅう》にひびく声《こえ》でさけんだ。

「おーい、みんな、二組《くみ》が、けんかしに来《き》たで。やったろか。」

こまったことになるかもしれない。

でも、ぼくたちは、引《ひ》くわけにはいかない。

「岩本《いわもと》、あやまれ。」

「なんやと、やるかあ。一組《くみ》対《たい》二組《くみ》や。行《い》くぞ、やったろや。」

そのとき、いままでだまって聞《き》いていた一組《くみ》のみんなが、教室《きょうしつ》から出《で》ていきはじめた。相談《そうだん》したわけでもないのに、ばらばらと、しらけたような顔《かお》で出《で》ていく。

内山《うちやま》は不安《ふあん》そうに、きょろきょろしていた。

とうとう教室《きょうしつ》の中《なか》は、岩本《いわもと》と内山《うちやま》と、二組《くみ》のぼくたち二十二人《にん》だけになった。

一組《くみ》のみんなは、だれも岩本《いわもと》の味方《みかた》をしなかったんだ。

青山《あおやま》が大《おお》きな声《こえ》で、内山《うちやま》にせまった。

「おまえも、かべ新聞《しんぶん》をやぶっただろう。」

内山《うちやま》の顔《かお》が、くしゃくしゃになった。

「だって、岩本《いわもと》がさそったから。やぶったり、こわしたり、おもしろそうやし。

二組《くみ》のみんなは、なかよさそうで、はら立《た》つし……悪《わる》かったよお。」

内山《うちやま》は教室《きょうしつ》から、走《はし》ってにげてしまった。

岩本一人《いわもとひとり》が、顔《かお》をまっ赤《か》にして立《た》っていた。

「あやまれ！」と、ぼくは大声《おおごえ》を出《だ》した。

そのとき、岩本《いわもと》の目《め》からぽろぽろ、なみだが落《お》ちた。声《こえ》をあげて泣《な》きはじめた。

「ううう、だって、だって、はらが立《た》ったんや！　なんか知《し》らんけど、はらが立《た》ったんや！　もう、しないよお！」

岩本《いわもと》は、まるで小《ちい》さい子《こ》のように、足《あし》をふみならしながら泣《な》きつづけた。

そんな岩本《いわもと》を見《み》ていて、ぼくはどうしていいか、わからなくなった。それ以上《いじょう》、せめる気《き》がなくなってしまった。二組《くみ》のみんなもだまっていた。

山坂《やまさか》が、ぽつりといった。
「岩本《いわもと》くんでも、泣《な》くんや。」
ぼくは「みんな、教室《きょうしつ》にもどろ」と、声《こえ》をかけた。
みんなでいっしょに、帰《かえ》った。
岩本《いわもと》は一組《くみ》の教室《きょうしつ》で、ひとりぼっちで、
ひっくひっく泣《な》いていた。